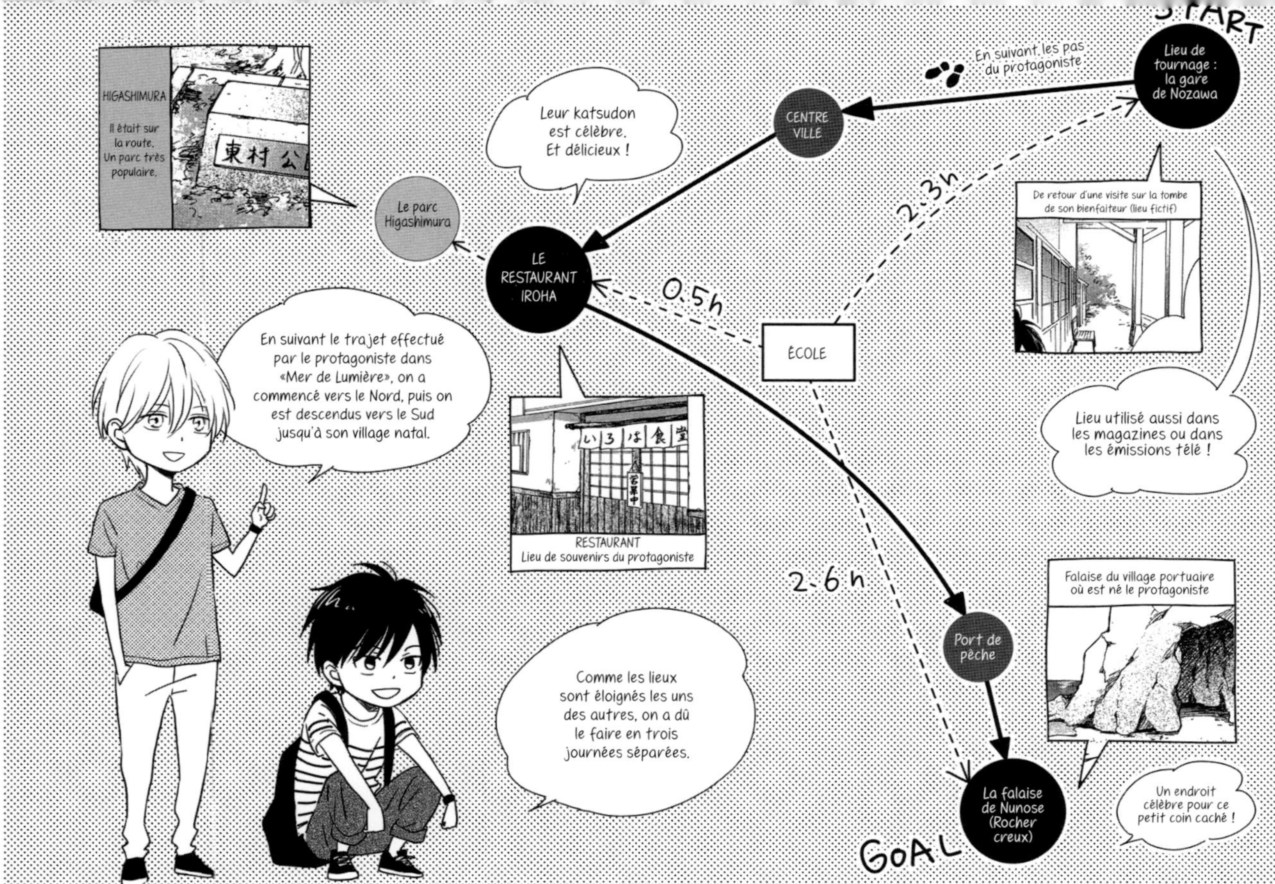
START
Lieu de tournage : la gare de Nozawa
En suivant les pas du protagoniste
CENTRE VILLE
Leur katsudon est célèbre. Et délicieux !
HIGASHIMURA
Il était sur la route. Un parc très populaire.
東村公
Le parc Higashimura
LE RESTAURANT IROHA
0.5h
2.3h
ÉCOLE
De retour d'une visite sur la tombe de son bienfaiteur (lieu fictif)
Lieu utilisé aussi dans les magazines ou dans les émissions télé !
En suivant le trajet effectué par le protagoniste dans «Mer de Lumière», on a commencé vers le Nord, puis on est descendus vers le Sud jusqu'à son village natal.
いろは食堂
営業中
RESTAURANT
Lieu de souvenirs du protagoniste
2.6h
Port de pêche
Falaise du village portuaire où est né le protagoniste
Comme les lieux sont éloignés les uns des autres, on a dû le faire en trois journées séparées.
La falaise de Nunose (Rocher creux)
Un endroit célèbre pour ce petit coin caché !
GOAL

Blue Summer #1

Les rayons du soleil couchant qui illuminent le ciel d'un soir d'été...
La cour arrière de l'école après la fin des cours...
L'ambiance chargée d'une légère tension...
Un garçon et une fille, seuls...
OH...
ELLE EST EN TRAIN DE LUI DÉCLARER SON AMOUR...
C'EST LA PREMIÈRE FOIS QUE JE VOIS ÇA EN VRAI.
C'était vraiment...

Comme si j'étais en train de regarder une scène tirée d'un film.
IL A TROP DE SUCCÈS, LUI...
DÉSOLÉ...
MAIS JE SUIS AMOUREUX DE QUELQU'UN D'AUTRE.

CHAPITRE 1

DIS,
TOI ET SAEKI-KUN, VOUS ÊTES AMIS, NON ?
2-C
EUH, OUI, ON EST POTES...
AH...
UNE DE MES AMIES LUI A FAIT UNE DÉCLARATION D'AMOUR, L'AUTRE JOUR.
IL A DIT QU'IL ÉTAIT DÉJÀ AMOUREUX DE QUELQU'UN.
OK...
ET ALORS ?
TU SAIS PAS QUI C'EST, TODA ?
CLAC
HEIN ?!
BIEN SÛR QUE NON, JE SAIS PAS !
Pose-lui la question directement !
MON AMIE M'A DIT QU'APPAREM-MENT, CHAQUE FOIS QU'UNE FILLE LUI FAIT UNE DÉCLARATION D'AMOUR, ELLE SE FAIT JETER.
PEUT-ÊTRE PARCE QU'IL EN A MARRE QU'ON VIENNE TOUJOURS LUI DEMANDER DE SORTIR AVEC LUI ?

POURTANT, IL N'A PAS L'AIR AMOUREUX DE QUI QUE CE SOIT...
DE QUI IL PEUT S'AGIR, À TON AVIS ? IL N'EST PROCHE D'AUCUNE FILLE EN PARTICULIER...
COMMENT ÇA SE FAIT QUE TU SAIS AUTANT DE CHOSES LÀ-DESSUS ?
C'EST MON AMIE QUI M'EN PARLE TOUT LE TEMPS.
À FORCE DE L'ÉCOUTER, JE DOIS DIRE QUE ÇA M'A INTRIGUÉE.
DES FILLES QUI ÉTAIENT DANS SON COLLÈGE M'ONT DIT...
QUE LORSQU'ON LUI FAISAIT UNE DÉCLARATION D'AMOUR, À L'ÉPOQUE, IL LES ACCEPTAIT TOUTES. IL EST SORTI AVEC PLEIN DE FILLES.
ALORS QUE MAINTENANT, IL DIT NON À TOUT LE MONDE...
C'EST LE TYPE QUI A LE PLUS DE SUCCÈS PARMI LES SECONDES ET LES PREMIÈRES...
TU N'AS PAS ENVIE DE SAVOIR DE QUI IL EST AMOUREUX ?
.....
À VRAI DIRE...
Maintenant que j'y pense,
on ne parle jamais de ça, tous les deux.
WATARU !

J'AI OUBLIÉ DE TE DEMANDER...
TU VEUX QU'ON Y AILLE, AUJOURD'HUI ?
OUAIS ! CARRÉMENT !
ÇA MARCHE.
OK, JE TE RETROUVE TOUT À L'HEURE, ALORS.
.....
LA VACHE...
C'EST FOU CE QU'IL EST BEAU, QUAND MÊME.
Même si c'est pas mon type de mec.
AU FAIT, ÇA FAIT UN MOMENT QUE JE ME POSE LA QUESTION, MAIS...
QUOI, ENCORE ?

COMMENT ÇA SE FAIT QUE VOUS ÊTES SI PROCHES, TOI ET LUI ? C'EST BIZARRE.
VOUS N'ÊTES PAS DANS LA MÊME CLASSE...
VOUS NE VOUS RES-SEMBLEZ PAS...
VOUS VENEZ DE DEUX MONDES COMPLÈTEMENT DIFFÉRENTS !
PAF
SYMPA, MERCI...
C'est parce qu'il est trop beau comparé à moi, c'est ça ?
BAH...
DISONS QU'ON A UN INTÉRÊT COMMUN.
AH BON ? QUOI ?
JE TE LE DIRAI PAS.
PFFF...
La première fois qu'on s'est adressé la parole...
C'était il y a exactement un an, au début de l'été.

AAAH...
MMMH...
QU'EST-CE QUE JE FAIS ? J'EN AI TROP ENVIE DEPUIS SUPER LONGTEMPS...
MAIS C'EST TELLEMENT CHER !
MAIS C'EST JUSTEMENT POUR ÇA QUE J'AI ÉCONOMISÉ MES SOUS...
ALLEZ, JE L'ACHÈTE !!
TAP...
VITE, AVANT DE LE REGRETTER...
OUAH !
BAM !!
CLAC
AH !!
DÉSOLÉ ! JE NE REGARDAIS PAS DE-VANT MOI...
C'EST MOI QUI SUIS DÉSOLÉ.
C'EST RIEN.

TIENS.
MERCI...
OH...!
JE LE CONNAIS, CE TYPE...
ATTENDS...
Tout le monde l'appelle comme ça...
C'EST « SAEKI LE BEAU GOSSE » !
TU AIMES LE CINÉMA ?
IL EST GÉNIAL, CE FILM.
JE L'AIME BEAU-COUP.
HEIN ?
ET LE PORTE-CLÉ QUE TU AS À TON SAC...
C'EST JET DANS BLACK FLASH, NON ?
HEIN ??

TU CONNAIS BLACK FLASH ?!
OUI,
J'AI VU LE FILM QUAND IL EST SORTI.
SÉRIEUX ?!
C'EST LA PREMIÈRE FOIS QUE JE RENCONTRE QUELQU'UN QUI CONNAÎT !
TROP GÉNIAL !
OUI, C'EST VRAI QU'IL N'A PAS EU TELLEMENT DE SUCCÈS AU JAPON...
POURTANT, C'ÉTAIT VACHEMENT BIEN.
MAIS ALORS...
TOI AUSSI, TU ES FAN DE CINÉMA ?
OUI.
DANS MON ENTOURAGE, PERSONNE N'EST PARTICULIÈREMENT PASSIONNÉ DE CINÉ...
.....
AH...
ÉCOUTE...
SI TU AS UN PEU DE TEMPS, ÇA TE DIRAIT QU'ON AILLE DISCUTER QUELQUE PART ?
ICI, ON RISQUE DE DÉRANGER LES AUTRES CLIENTS.
AH...
OUI, OK...
C'EST DINGUE !
J'AI L'IMPRESSION DE ME FAIRE DRAGUER...
Qu'est-ce qu'il est beau !
C'est comme ça...
que j'ai rencontré Saeki.

Comme on était tous les deux passionnés de cinéma...
Mon préféré, c'est quand même Jet !
Ouais, normal !
C'est lui qui a le plus la classe !
Exactement ! Et puis, c'est pas tout...
Quand il change de forme, il est trop cool !
On est devenus rapidement très proches.
Et voilà comment...
On en est arrivés là.
SI ON NE S'ÉTAIT PAS RENCONTRÉS DANS CETTE BOUTIQUE...
MAIS...
PROBABLEMENT QU'ON NE SE SERAIT JAMAIS PARLÉ, LUI ET MOI.
Non seulement il est beau, mais en plus il est grand, et il est super intelligent.
Il est assez calme, mais il aime s'amuser aussi.
Il est hyper populaire.
Il sort vraiment du lot par rapport aux garçons de notre âge.

« Comment ça se fait que vous êtes si proches, toi et lui ? C'est bizarre. »
.....
COMMENT DIRE...
TOUT LE MONDE A L'AIR DE PENSER QUE JE LE SUIS PARTOUT, COMME UN PETIT CHIEN, MAIS...
EN FAIT,
C'EST TOTALEMENT L'INVERSE.
C'est toujours lui qui m'adresse la parole, qui m'invite à faire des sorties.
Pourtant, il a un grand cercle d'amis...
Honnêtement...
Parfois, je me demande pourquoi...
il choisit de passer tout son temps avec moi.

Mais bon...
C'est agréable d'être avec lui.
C'est repo-sant.
Moi, ça ne me pose pas de problème, mais bon...
PUTAIN, IL EN MET DU TEMPS !
IL COMPTE ME FAIRE ATTENDRE ENCORE LONGTEMPS ?!
Attends-moi dehors,
j'arrive tout de suite.
TOUT DE SUITE, TU PARLES !
J'AI EU LE TEMPS DE TERMINER MA VIDÉO...
CLAC
HÉ, WATARU.

DÉSOLÉ DE T'AVOIR FAIT ATTENDRE.
TU PEUX.
QU'EST-CE QUI T'A RETENU ?
DÉSOLÉ…
J'AI ÉTÉ APPELÉ EN SALLE DES PROFESSEURS, ÇA A PRIS UN PEU DE TEMPS.
AH BON ? T'AS FAIT DES BÊTISES ?
NON, LE PROF VOULAIT JUSTE ME DEMANDER UN TRUC.
L'idée a l'air de te réjouir, en tout cas…
BON, ON Y VA ?
TU CROIS QU'ON ARRIVERA À TEMPS POUR LA SÉANCE DE 17H ?
ÇA VA ÊTRE JUSTE !
D'AUTANT QUE TU VEUX TOUJOURS VOIR LES BANDES-ANNONCES, WATARU…
MAIS C'EST DU GÂCHIS D'ARRIVER APRÈS !
HEIN ??
ON VA DEVOIR COURIR DÈS QU'ON SORTIRA DU TRAIN.
On se donne rendez-vous…
Et on va au cinéma ensemble, deux à trois fois par mois.
On choisit tour à tour le film qu'on a envie de voir.

Ces derniers temps...
Ça devient une véritable routine.
AH !
C'ÉTAIT TROP DRÔLE !
OUI, C'ÉTAIT SUPER BIEN FAIT.
TU RIGOLAIS TROP FORT, WATARU.
JE POUVAIS SENTIR TON SIÈGE QUI TREMBLAIT !
MAIS C'ÉTAIT TROP DUR DE SE RETENIR DE RIRE APRÈS AVOIR VU ÇA !
ATTENDS UN PEU... C'ÉTAIT POUR ÇA QUE TU RIGOLAIS PARFOIS ALORS QUE C'ÉTAIT PAS DRÔLE ?
MINCE, GRILLÉ.
ÇA ME DIRAIT BIEN DE LE REVOIR...
ÇA ME VA, MOI.
ON SE REFAIT LE FILM POUR NOTRE PROCHAINE SÉANCE ?
SÉRIEUX ? TU VEUX BIEN ??
GÉNIAL !!

ET PUIS, RENA KUNIMI ÉTAIT MIGNONNE, HEIN ?
C'EST PAS POUR ÇA QUE JE VEUX LE REVOIR !
AH BON, T'ES SÛR ?
NON ! ENFIN, UN PEU...
AH, TU M'ÉNERVES À DIRE ÇA ! C'EST GÊNANT !
EN TOUT CAS, SON JEU D'ACTRICE EST GÉNIAL POUR SON PREMIER RÔLE PRINCIPAL.
OUI, ET LES PETITES CHAMAILLERIES ENTRE LES PERSONNAGES ÉTAIENT VRAIMENT TOP.
OUAIS ! JE ME SUIS MIS À RIGOLER EN PLEIN MILIEU DE LA DÉCLARATION D'AMOUR !
C'ÉTAIT INCROYABLE.
NORMALEMENT, LES DÉCLARATIONS, ÇA RESSEMBLE PLUS À...
AH...
C'EST VRAI QUE C'ÉTAIT BIEN FAIT.
LE TIMING ÉTAIT PARFAIT.
WATARU ?

« Chaque fois qu'une fille lui fait une déclaration d'amour, elle se fait jeter. »
C'est vrai...
On n'a...
jamais parlé de ce genre de choses ensemble...
ET SI...
JE LUI POSAIS LA QUESTION ?
DIS, SAEKI...
TU SAIS...
AVANT-HIER, J'AI VU UNE FILLE TE FAIRE UNE DÉCLARATION D'AMOUR, DANS LA COUR DU LYCÉE...
HEIN ?!
AH... TU NOUS AS VUS...

EST-CE QUE TU ES AMOUREUX DE QUELQU'UN ?
......
BEN, C'EST-À-DIRE...
HEIN ?
TU VEUX LE SA-VOIR ?
T'ES SUPER POPULAIRE, MAIS TU SORS JAMAIS AVEC PERSONNE...
ALORS JE ME DISAIS QUE TU ÉTAIS PEUT-ÊTRE AMOUREUX DE QUELQU'UN...
MAIS BON, SI TU N'AS PAS ENVIE DE ME LE DIRE, T'ES PAS OBLIGÉ !
WHAM !
ÇA NE ME DÉRANGE PAS DE TE LE DIRE.

HEIN ?
C'EST LA PERSONNE QUI SE TROUVE DEVANT MOI EN CE MOMENT MÊME.

POURQUOI TU FAIS CETTE TÊTE ?
C'EST UNE DES RÉPLIQUES DU FILM QU'ON VIENT DE VOIR !
POURQUOI TU RIGOLES À UN MOMENT PAREIL ?
JE POSAIS SÉRIEUSEMENT LA QUESTION, MOI.
ET JE TE RÉPONDAIS SÉRIEUSEMENT.
JE SUIS AMOUREUX DE LA PERSONNE QUI SE TROUVE DEVANT MOI.
HEIN ?
Y'A PERSONNE D'AUTRE QUE MOI, ICI.
BEN...
JUSTEMENT...
PFFFT !!
HA HA HA HA !
C'EST VRAIMENT EXACTEMENT COMME DANS LE FILM !
HEIN ?
QUOI ?!
C'EST POUR ÇA QUE JE T'AIME !
JE VAIS TE LE REDIRE...

JE SUIS AMOUREUX...
DE LA PERSONNE QUI SE TROUVE À CÔTÉ DE MOI EN CE MOMENT.
TOI, WATARU.
.....
MOI ?!

Moi ?!
C'EST VRAI QUE...
ÇA DONNE L'IMPRESSION QUE JE DIS ÇA SUR UN COUP DE TÊTE, PARCE QUE TU M'AS POSÉ LA QUESTION...
MAIS J'AVAIS L'INTENTION DE TE LE DIRE UN JOUR OU L'AUTRE.
Mais...
« Pourtant, il n'a pas l'air amoureux de qui que ce soit... »
ENFIN...
J'IMAGINE QUE ÇA DOIT TE FAIRE UN CHOC.
MAIS...
« Chaque fois qu'une fille lui fait une déclaration d'amour, elle se fait jeter. »
Mais alors...
« Il a dit qu'il était déjà amoureux de quelqu'un. »

Tout ça, c'était...
WATARU ?
HÉ HO...
WATARU.
TU M'EN-TENDS ?
WATARU ?

.....
OUAH !!
EUH... DÉSOLÉ...
RECULE
TROP PROCHE !
C'EST RIEN...
EUH, JE...
JE... ENFIN...
JE SAIS PAS TROP QUOI RÉPONDRE À ÇA...
EUH... MAIS ALORS... TU...
TU PRÉFÈRES LES GARÇONS...?
PFFT !
AH... JE VOULAIS PAS DIRE ÇA COMME ÇA...

J'EN SAIS RIEN.
ÇA NE ME DÉRANGE PAS DE SORTIR AVEC DES FILLES.
MAIS C'EST DE TOI QUE JE SUIS TOMBÉ AMOUREUX, WATARU.
.....
MAIS...
POURQUOI MOI ?
POURQUOI TOI ?
VA SAVOIR...
ÇA S'EST DÉCIDÉ COMME ÇA, C'EST TOUT.

.....
AH BON...
JE VOIS...
Qu'est-ce que je suis censé dire...
Dans une situation pareille ?
MERCI.
HEIN ?
MERCI DE QUOI ?
DE NE PAS AVOIR EU L'AIR DÉGOÛTÉ, DE NE PAS T'ÊTRE MOQUÉ DE MOI, DE M'AVOIR ÉCOUTÉ SÉRIEUSEMENT.
C'EST EXACTEMENT CE QUE J'AIME CHEZ TOI.

IL...
IL DIT ÇA EN ME REGARDANT DROIT DANS LES YEUX...
LA VACHE...
ÇA FAIT PEUR, LES BEAUX GOSSES...
BON...
ON RENTRE ?
FLAP
... HEIN ?!
EUH... COMME ÇA, NORMAL ?
C'EST PEUT-ÊTRE BIZARRE DE POSER LA QUESTION, MAIS... TU N'ATTENDS PAS DE RÉPONSE ?
BEN, OUI.
PAS VRAIMENT.
NE T'IN-QUIÈTE PAS POUR ÇA, WATARU.
TU N'ES PAS OBLIGÉ DE ME DONNER UNE RÉPONSE,
TU N'AS PAS BESOIN DE TE PRENDRE LA TÊTE DESSUS NON PLUS.

TU N'ES PAS OBLIGÉ D'ACCEPTER MES SENTIMENTS.
JE NE TE DIRAI PAS QUE JE VEUX QUE TU TOMBES AMOUREUX DE MOI.
LE SIMPLE FAIT QUE TU SACHES CE QUE JE RESSENS POUR TOI,
C'EST DÉJÀ BIEN SUFFISANT.
MAIS...
EN ÉCHANGE...
SI C'EST POSSIBLE...

JE VOUDRAIS TE DEMANDER QUELQUE CHOSE.
TU VEUX BIEN ?
IL N'A PAS EU PEUR...
QUAND IL M'A DÉCLARÉ SON AMOUR, MAIS LÀ...
C'est la première fois...
Que je le vois aussi nerveux.

D'ACCORD.
Je lui ai répondu...
Sans même y réfléchir.

SA-LUT !
SA-LUT !
HÉ, T'AS VU L'ÉMIS-SION HIER ?
.....
SBAM !
ばしっ

CHAPITRE 2

SALUT.
EUH...
SALUT...
.....
?
QU'EST-CE QU'IL Y A ?
RIEN...
JE SUIS JUSTE UN PEU SURPRIS QUE TU M'ADRESSES LA PAROLE NORMALE-MENT.
HEIN ?
C'EST PAS CE QUE TU VOULAIS ?
SI, BIEN SÛR,
MAIS BON...

ÇA ME FAIT PLAISIR, EN TOUT CAS...
.....
HÉ, ARRÊTE ÇA !
TU VAS ME FAIRE ROUGIR AUSSI !
DÉSO-LÉ.
T'OCCUPE PAS DE MOI.
FACILE À DIRE !
Ce type m'a avoué qu'il était amoureux de moi.
AH...
AU FAIT...
ÇA TE POSE TOUJOURS PAS DE PROBLÈME, CE DONT ON A PARLÉ HIER ?
BIEN SÛR QUE NON.
UN HOMME NE REVIENT JAMAIS SUR SA PAROLE.
HA HA
ÇA M'ÉTONNE PAS DE TOI.
Malgré ses senti-ments...

Il n'attend rien de moi en retour.
AAH ! VIVEMENT LES VACANCES D'ÉTÉ !
Il dit que ça ne le dérange pas qu'on reste simplement amis.
Mais à une condition...
VOUS SAVEZ,
AVANT LES GRANDES VACANCES, IL Y A DES EXAMENS.
Ô, GRAND SEKIGUCHI, JE T'IMPLORE ! AIDE-NOUS À RÉVISER !
C'EST D'ACCORD, SI VOUS ME PAYEZ EN BISCUITS ET BONBONS.
MERCI !
MERCI DE TA CLÉMENCE !
HISTOIRE
ANGLAIS

N'EMPÊCHE, WATARU...
POURQUOI T'ES PAS ALLÉ DIRECTEMENT DEMANDER DE L'AIDE À L'INCROYABLE SAEKI ?
TCHAC
TCHAC
BAH, IL EST OCCUPÉ EN CE MOMENT...
ET POURQUOI TU PRENDS UN TON SI SARCASTIQUE ?
IL EST TOUJOURS FURIEUX QUE SAEKI AIT EU UN MEILLEUR RÉSULTAT QUE LUI AUX EXAMENS DE MILIEU DE TRIMESTRE.
Classement
Saeki : 2ème
Sekiguchi : 3ème
AH BON... IL EST OCCUPÉ ?
Ce qui veut dire qu'il n'a pas le temps de réviser... Ce qui veut dire que...
EN VRAI, SAEKI NE PASSE PAS TELLEMENT DE TEMPS À RÉVISER POUR LES EXAMENS.
IL LUI SUFFIT D'ÉCOUTER EN CLASSE ET C'EST BON POUR LUI.
WATARU, ARRÊTE D'ENFONCER LE COUTEAU DANS LA PLAIE.
BREF, MORI-CHAN-SENSEI AIME BIEN LES QUESTIONS PIÈGES.
ELLE VA PROBABLEMENT NOUS INTERROGER SUR CE PASSAGE.
AH BON... C'EST COMME ÇA QUE TU SAIS TOUJOURS QUOI RÉVISER, ALORS ?
Je vois...
TOUS LES PROFS ONT UNE FAÇON DIFFÉRENTE DE CRÉER LEURS EXAMS...
CETTE FOIS, ON DEVRAIT RÉVISER CETTE SECTION-LÀ.
BOBOM
TU SAIS QUOI ?
SAEKI-KUN EST VENU ME VOIR AUJOURD'HUI !

J'AVAIS FAIT TOMBER MA CARTE D'ÉTUDIANTE, IL EST VENU EXPRÈS DANS MA CLASSE POUR ME LA RAPPORTER !
SÉRIEUX ?!
LA CHANCE !!
RIEN QUE DE SAVOIR QU'IL VOULAIT ME VOIR, J'AI LE CŒUR QUI A FAIT UN BOND !
HA HA HA !
TU M'ÉTONNES !
J'AURAIS TROP AIMÉ QU'ON SOIT DANS LA MÊME CLASSE !
PEUT-ÊTRE L'ANNÉE PROCHAINE...
MAIS BON, IL A FORCÉMENT UNE COPINE, NON ?
PROBABLEMENT. EN PLUS, ELLE DOIT ÊTRE SUPER MIGNONNE !
LA CHANCE QU'ELLE A...
.....
PAS LA PEINE DE S'EXCITER, IL LUI A JUSTE RAMENÉ SA CARTE...
Il a trop de succès, ce gars...
QUELLE POPULARITÉ...
MH ?
QU'EST-CE QUE TU FICHES, WATARU ?
RIEN, RIEN...
Je me cache.
.....

Je ne suis pas super mignon.
Je ne suis même pas une fille.
JE ME DEMANDE VRAIMENT...
POURQUOI IL EST TOMBÉ AMOUREUX DE MOI.
SI JE N'ÉTAIS PAS LÀ...
IL POURRAIT SORTIR AVEC TOUTES LES FILLES QU'IL VOUDRAIT.
« Mais c'est de toi que je suis tombé amoureux, Wataru. »
Mais...
On ne décide pas...
de qui on va tomber amoureux.
QUE C'EST COMPLI-QUÉ...
SOUPIR...
EH OH...
ON N'A MÊME PAS ENCORE COMMENCÉ LES RÉVI-SIONS.
On n'a pas fini d'en baver.

Regarde, moi aussi j'ai réussi !
C'est grâce à moi !
KSSSS
KSSSS
À PLUS !
ON VA À LA PISCINE ?
LA SE-MAINE PRO-CHAINE !
AAAH, C'EST ENFIN LES GRANDES VACANCES !
DIS, SUR LE CHE-MIN DU RETOUR, ON...

WATARU !
AH, TU RENTRES DÉJÀ ?
OUAIS.
ON SE VOIT DANS TROIS JOURS ! 8H À LA GARE, OK ?
OK.
SOIS PAS EN RETARD.
T'IN-QUIÈTE !
AU CONTRAIRE, JE CROIS QUE JE NE VAIS PAS DORMIR DE LA NUIT.

Un pèlerinage ?
Tu veux dire...
Aller visiter les lieux de tournage de nos films préférés ?
Oui.
C'est bientôt les vacances d'été...
On pourrait aller à plusieurs endroits.
C'est ça, ce que tu voulais me demander ?
... Oui.
J'ai vraiment...
Vraiment envie d'y aller avec toi...

YO !
SAEKI !
SALUT.
BON, T'ES PRÊT ?
ON A COMBIEN DE TEMPS DE TRAJET À PARTIR D'ICI ?
ON VA DEVOIR CHANGER DE TRAIN, DONC ENVIRON 2H30.
OUAH...
J'AI L'IMPRESSION DE PARTIR EN VOYAGE.
Qu'est-ce que tu en penses ?

JE NE RECONNAIS PAS LES NOMS DES GARES, PAR ICI…
FORCÉMENT, ON NE VIENT PRESQUE JAMAIS DANS LE COIN.
TACATAM
Prochain arrêt, YYY…
OH…
Excusez-moi. Prochain arrêt, XXX…
PFFT !
IL S'EST TROMPÉ DE NOM !
IL A MÊME FAIT «OH» !
TACATAM
Moi, ça me va !
Ça fera de chouettes souvenirs de vacances !
TACATAM
OUAH…
REGARDE, C'EST TOUT VERT PARTOUT !
ÇA FAIT BIZARRE D'ALLER SI LOIN, ON DIRAIT VRAIMENT UN PETIT VOYAGE.
JE SUIS TOUT EXCITÉ, D'UN COUP !
TACATAM

N'EMPÊCHE, ÇA NE M'ÉTONNE PAS QUE TU AIES CHOISI «MER DE LUMIÈRE», COMME FILM.
TACATAM
AH BON ?
C'EST UN FILM PLUTÔT INTELLEC-TUEL. ÇA TE CONVIENT BIEN.
POSSIBLE... ET PUIS, JE ME SUIS DIT QU'IL N'Y AURAIT PAS BEAUCOUP DE GENS QUI IRAIENT VOIR LES LIEUX DE TOURNAGE DE CE FILM.
TACATAM
ET SURTOUT, POUR MOI...
C'EST UN FILM VRAIMENT TRÈS IMPORTANT.
TACATAM
TACATAM
« Mer de lumière » ...
Est un chef d'œuvre du réalisateur Osamu Zaizen qui a gagné de nombreux prix.
C'est l'histoire d'un détenu qui sort de prison et décide de mener l'en-quête sur son passé, dans lequel il n'a jamais voulu se plonger jusque-là.

Le personnage principal voyage dans tout le pays, à la recherche de ses parents qui l'ont abandonné.
En chemin, il est hanté par ses propres erreurs,
par ses regrets,
Mais les inconnus qu'il rencontre sur sa route ne cessent de le sauver,
et il se rapproche petit à petit de la vérité.
Puis il atteint une ville de bord de mer, à la fin de son voyage,
Et là, il apprend tout.
Ses parents, qu'il déteste tellement, sont déjà morts.
Cependant,
Il se rend compte qu'ils l'ont abandonné parce qu'ils n'avaient pas le choix, et qu'ils l'ont regretté jusqu'à la fin.
Ils l'avaient voulu, ils l'avaient aimé,
Et le personnage se rend compte...
que même si ça n'a pas duré très longtemps, il a déjà connu le bonheur dans sa vie.
En découvrant ça...
Il se met à pleurer pour la première fois.

OOOOH !
JE RECONNAIS CET ENDROIT !!
SHIMODAINOZAWA
C'EST EXACTEMENT COMME DANS LE FILM !
NORMAL, PUISQUE C'EST LE LIEU DE TOURNAGE.
Forcément que c'est pareil.
CETTE GARE N'EST PLUS EN FONCTION, MAIS ELLE EST PARFOIS UTILISÉE COMME LIEU DE TOURNAGE POUR DES PUBS.
C'EST POUR ÇA QUE JE PENSAIS QU'IL Y AURAIT D'AUTRES GENS, MAIS EN FAIT NON.
Des photographes, tout ça.
C'EST COMME SI ON L'AVAIT RÉSERVÉE !
Le luxe !
AH, REGARDE, ÇA PARLE DU FILM.
OH... TIENS, IL Y A AUSSI ÇA QUI A ÉTÉ TOURNÉ ICI...
JE VAIS PRENDRE PLEIN DE PHOTOS.
Saeki
En plus, y'a personne.
OUI, AUTANT EN PROFITER.
Wataru
CLIC
CLIC
WATARU...
QUOI ?
CLIC
CLIC
HÉ ! C'EST MALIN !
Prends pas des photos de moi !
CLIC

Hi hi, elle est jolie !
HÉ, TU VEUX REFAIRE LA SCÈNE ?
« D'OÙ EST-CE QUE TU VIENS...? »
Réplique du film.
HA HA HA !
C'EST EXACTEMENT ÇA !!
Tu l'imites vachement bien !!
ON PEUT REGARDER CE QU'IL Y A AUTOUR DE LA GARE AUSSI.
C'EST CALME, ICI...
KSSSS
KSSSS
QU'EST-CE QU'IL FAIT CHAUD !
MAIS L'AIR SENT BON...
KSSSS
KSSSS

KSSS
KSSS
KSSS
OUAH !
ELLE EST MAGNIFIQUE, CETTE RIVIÈRE !
L'EAU EST SUPER CLAIRE, C'EST DINGUE.
EH...
ÇA TE DIT DE TE BAIGNER ?
HEIN ??
Me baigner ?
T'as l'air tout excité...

C'EST FROID !
SPLASH
AAH, ÇA FAIT DU BIEN !
JE CROIS QUE C'EST LA PREMIÈRE FOIS QUE JE ME BAIGNE DANS UNE RIVIÈRE.
QUOI ? T'ES SÉRIEUX, LÀ ?
T'AS JAMAIS FAIT ÇA QUAND T'ÉTAIS PETIT ?
EUH... PAS VRAIMENT, NON.
REMARQUE, T'AS PLUTÔT L'AIR DU GENRE À RESTER À L'INTÉRIEUR POUR LIRE UN LIVRE QU'À SORTIR POUR JOUER DANS UNE RIVIÈRE.
IL Y A DE ÇA AUSSI...
MAIS C'ÉTAIT SURTOUT PARCE QUE JE NE POUVAIS PAS.
POURQUOI ?
MA FAMILLE N'ÉTAIT PAS DU GENRE À ME LAISSER FAIRE ÇA, J'IMAGINE.
AH BON...
MOI, C'EST TOUT L'INVERSE, J'ALLAIS TOUT LE TEMPS JOUER DEHORS.
TU CONNAIS LE PARC HIGASHIMURA ?
J'Y ÉTAIS TOUJOURS FOURRÉ.
SAEKI...
QUOI ?

TU PASSES UN BON MOMENT ?
OUI...
JE PASSE UN SUPER MOMENT.
KSSS
KSSS
HÉ HÉ...
JE DEMANDE, PARCE QUE J'AI L'IMPRESSION QUE JE M'AMUSE PLUS QUE...
TOI ?!
SPLASH
GLISSE
OUAH !!!
AH !
ATTEN-TION !
SPLASH !

J'ÉTAIS SÛR QU'IL SE PASSERAIT UN TRUC COMME ÇA.
FAIS GAFFE.
IL Y AVAIT UN TROU DANS LE SOL, J'AVAIS PAS VU...
DÉSOLÉ !
HEUREUSE-MENT QUE TU M'AS...
RATTRAPÉ...
.....
.....

WATARU...
TE RAIDIS PAS COMME ÇA...
ÇA VA ME RENDRE NERVEUX AUSSI.
DÉSOLÉ, C'EST PLUS FORT QUE MOI...
S'IL NE M'AVAIT PAS FAIT SA DÉCLARA-TION...
CE GENRE D'INCIDENT NE M'AURAIT PAS MIS MAL À L'AISE, MAIS...
EUH...
C'EST BON, TU PEUX ME LÂCHER.
MERCI.
.....
... OK...
GRIP

SAE...
WATARU...
PLIC
ÇA T'EM-BÊTE,
SI ON RESTE UN PEU COMME Ç...
PLIC
HMM ?
PLIC
PLIC
FSHHHHHHHHHHH
OUAAAH !!
C'ÉTAIT PAS PRÉVU, ÇA !!
FSHHHHHH...
VITE !
FAUT QU'ON RETOURNE À LA GARE !

AH, PUNAISE... JE SUIS TREMPÉ !
FLAP
FLAP
C'EST UN ORAGE ?
NON...
JUSTE UNE AVERSE PASSAGÈRE.
SACRÉE AVERSE...
ÇA AURAIT PAS CHANGÉ GRAND-CHOSE SI ON ÉTAIT TOMBÉS DANS LA RIVIÈRE, FINALEMENT.
HÉ, DIS PAS ÇA !
J'ADORE CE GENRE D'AVERSE D'ÉTÉ !
EN FAIT, J'ADORE L'ÉTÉ.
MOI AUSSI, J'AIME BEAUCOUP L'ÉTÉ.
POUR-QUOI ?
PFFT !
PARCE QUE C'EST EN ÉTÉ QUE JE T'AI RENCONTRÉ, WATARU.
TOI ALORS...

ARRÊTE DE DIRE...
DES TRUCS AUSSI EMBARRAS-SANTS...
C'EST GÊNANT...
Je ne sais pas...
comment réagir...
TOUT À L'HEURE, C'ÉTAIT PAREIL...
T'AS QU'À FAIRE COMME SI DE RIEN N'ÉTAIT.
JE PEUX PAS !
Je dis juste la vérité.
PEUT-ÊTRE QUE TU ES HABITUÉ À ÇA, SAEKI...
MAIS MOI, JE N'AI AUCUNE EXPÉRIENCE DANS CE DOMAINE.
RIEN QUE D'EN PARLER, ÇA ME REND TRISTE !

EN FAIT…
JE N'AVAIS JAMAIS FAIT DE DÉCLARATION D'AMOUR À PERSONNE, AVANT TOI.
SÉRIEUX ?
OUI.
D'HABITUDE, C'EST À MOI QU'ON EN FAIT.
HÉ HO…
TU SERAIS PAS EN TRAIN DE TE VANTER, LÀ ?
N'EMPÊCHE…
T'AS EU DU COURAGE DE M'AVOUER TES SENTIMENTS… MOI J'OSERAIS JAMAIS FAIRE ÇA.
JE BÉGAIERAIS ET TOUT…
FUIP
À VRAI DIRE…
CE N'ÉTAIT PAS VRAIMENT UNE QUESTION DE COURAGE…
MAIS PLUTÔT DE DÉTERMINATION…

.....
AH BON...
FSHHHHH...
DE DÉTERMI-NATION...
JE VOIS...
ENFIN...
TU AS DÛ AVOIR UN CHOC EN VOYANT UN MEC TE FAIRE UNE DÉCLARATION D'AMOUR.
MÊME QUAND ON EST TOLÉRANT,
ÇA DOIT FORCÉMENT FAIRE BIZARRE.
.....

PAS VRAIMENT, EN FAIT.
HEIN ?
JE NE TROUVE PAS ÇA BIZARRE, JE NE TROUVE PAS ÇA DÉGOÛTANT.
MAIS...
C'EST VRAI QUE C'ÉTAIT LA PLUS GROSSE SURPRISE DE MA VIE.
MAIS ÇA N'A PAS DE RAPPORT AVEC LE FAIT QUE TU SOIS UN MEC OU UNE FILLE.
CE QUE JE ME DIS, C'EST QUE SI QUELQU'UN COMME TOI EST TOMBÉ AMOUREUX DE MOI...
ÇA VEUT DIRE QUE JE NE SUIS PAS SI NUL QUE ÇA...
T'INQUIÈTE PAS.
SI ÇA M'ÉNERVE, JE TE LE DIRAI.

ÇA FAISAIT UN MOMENT...
QUE JE NE T'AVAIS PLUS ENTENDU DIRE ÇA.
AH BON ?
Si je ne trouve pas ça bizarre ou dégoû-tant...
WATARU.
HM ?
C'est parce que c'est lui.

JE T'AIME.
JE SAIS...
Je m'en étais déjà rendu compte...
Mais je faisais semblant de ne pas l'avoir remarqué.

CHAPITRE 3

SUPER-HÉROS ?
OUI.
C'EST LEQUEL, TON SUPER-HÉROS PRÉFÉRÉ ?
ET TOI, WATARU ?
MON SUPER-HÉROS PRÉFÉRÉ...
MOI C'EST JET, SANS HÉSITER !
PAS LA PEINE DE RÉFLÉCHIR SI LONGTEMPS !
C'est si dur que ça de se décider ?
J'AURAIS DÛ M'EN DOUTER.
HUM... ALORS... EUH...
HUM...

C'EST UN SECRET.
TOUT ÇA POUR ÇA ?!
IL VIENT D'UN FILM QUE JE NE CONNAIS PAS ?
JE SUIS CURIEUX, MAINTENANT !
AH,
LES BANDES-ANNONCES COMMENCENT, CHUT.
.....
JE ME SUIS FAIT AVOIR...
CRIIC...
FAIT CHIER...
......
MH ?

EH !
POURQUOI TU RIGOLES ?
(Chuchote)
NON,
C'EST RIEN, T'INQUIÈTE...
JUSTE UN TRUC PERSO...
JE TE DIS QUE ÇA ME REND TROP CURIEUX !
J'ARRIVE PAS À ME CONCENTRER !
RIEN, C'EST JUSTE QUE...
JE TE TROUVE DRÔLEMENT MIGNON QUAND TU BOUDES.
PAF !
AÏE !
REGARDE DEVANT TOI !
CONCENTRE-TOI !
OK,
DÉSOLÉ.

IL A L'AIR TELLEMENT CONTENT, CET IDIOT...
JE VAIS JAMAIS RÉUSSIR À ME CONCENTRER...
MMMH...
C'ÉTAIT PAS TROP MAL...

[Katsudon : un bol de riz japonais avec de l'œuf et du porc pané dessus.]

ON Y VA QUAND ?
MMH... MAINTENANT, JE BOSSE À CÔTÉ, DONC J'AI MOINS LE TEMPS... VERS LE 10 ?
AH OUI, TU TRAVAILLES AVEC TON ONCLE, C'EST ÇA ?
OUI, JE L'AIDE À LA BOUTIQUE À CHAQUE FOIS QUE J'AI DES VACANCES.
D'ACCORD POUR LE 10, ALORS.
.....
QUOI ?
POURQUOI T'AS L'AIR SI TRISTE ?
AH...
C'EST PARCE QUE LA DATE TE CONVIENT PAS ?
On peut changer.
NON, LA DATE ME CONVIENT TRÈS BIEN...
DE TOUTE FAÇON, MOI AUSSI, JE SUIS OCCUPÉ LES AUTRES JOURS.
C'EST JUSTE QUE JE NE VAIS PLUS TE VOIR JUSQU'AU 10...
ÇA ME REND TRISTE...
.....

EN PLUS, LE 6, IL FAUT QU'ON AILLE AU LYCÉE, DONC ON SE VERRA.
HEIN ?!
MAIS C'EST PAS SI LOIN QUE ÇA !!
HA HA
OUI,
C'EST VRAI, MAIS BON...
J'AI QUAND MÊME L'IMPRESSION QUE C'EST DANS LONGTEMPS.
AH...
WATARU,
C'EST MARRANT, QUAND TU ES EMBARRASSÉ, TU TE METS À BOUDER.
QUOI ?! C'EST PAS VRAI !!
ET D'ABORD, JE SUIS PAS EMBARRASSÉ !
J'AI FAIM !!
ON VA MANGER, OU QUOI ?!
OK, OK.
QU'EST-CE QUE TU VEUX MANGER ?
C'est notre petite routine habituelle.

[*Sekiguchi confond «muzumuzu» (agité, nerveux), et «muramura» (excité sexuellement).]

HIRAO, T'AS CLUB AUJOURD'HUI ?
NON, PAS AUJOURD'HUI.
DANS CE CAS, ÇA VOUS DIRAIT QU'ON AILLE AU KARAOKÉ APRÈS LES COURS ?
AH OUAIS, ÇA ME DIT BIEN !
TU VIENS AUSSI, WATARU ?
OUI, J'AI DU TEMPS LIBRE.
KARAOKÉ ?
JE PEUX VENIR AVEC VOUS ?!
ARGH...
ASADA...
Si tu veux.
POURQUOI TU DIS «ARGH» ?!
AAAH, C'ÉTAIT COOL, LE KARAOKÉ !
CRIIIC
MOI, QUAND JE CHANTE, ÇA ME DONNE FAIM.

TIENS ?
MH ?
QU'EST-CE QU'IL Y A, GUTCHI ?
REGARDEZ, LÀ-BAS...
C'EST PAS SAEKI ?
ILS ONT L'AIR DE BIEN S'AMUSER, LÀ-BAS...
Y'a même des filles avec eux !
......
HÉ HO !
VOUS AUSSI, VOUS AVEZ UNE FILLE AVEC VOUS !

HUM...
IL A L'AIR CONTENT.
ET DONC...
HA HA HA ! TROP DRÔLE !
C'EST QUAND LE VOYAGE DE CLUB ?
ARGH...
MON GRAND FRÈRE VEUT QUE JE RENTRE À LA MAISON...
FAUT QUE J'Y AILLE.
AH...
BON BEN, J'Y VAIS AUSSI, ALORS.
Je commence tôt demain.
ET VOUS DEUX, VOUS RESTEZ LÀ ?
J'AI ENVIE DE PRENDRE UN DESSERT... TU RESTES AVEC MOI UN PETIT PEU ?
FIIIIXE...
EUH... OK, OK...

À PLUS !
BYE !
SALUT !
DÉPÊCHE-TOI DE MANGER, QU'ON PUISSE RENTRER AUSSI.
DIS-MOI...
ÇA T'INTRIGUE TANT QUE ÇA ?
HEIN ? DE QUOI TU PARLES ?
Ton gâteau ? Je m'en fiche, moi...
SAEKI-KUN ET LES AUTRES.
Je parle pas de ça.
TU N'ARRÊTES PAS DE LEUR JETER DES COUPS D'ŒIL.
QUOI ?! PAS DU TOUT !!
QU'EST-CE QUI T'INTÉRESSE TELLEMENT ?
RIEN, JE TE DIS !
SLUUURP...
HUM...
JE LES REGARDAIS VRAIMENT TANT QUE ÇA ?

AU FAIT, EN PARLANT DE ÇA...
TU NE SAIS TOUJOURS PAS DE QUI SAEKI-KUN EST AMOUREUX ?
ENCORE CETTE QUESTION ?
JE TE DIS QUE NON...
T'ES SÛR ?
MAIS OUI !
ET D'AILLEURS...

MÊME SI JE LE SAVAIS...
CE SERAIT MOCHE DE MA PART D'ALLER LE CRIER SUR TOUS LES TOITS.
MH...
C'EST PAS FAUX...
TIENS ?
JE SAVAIS PAS QUE TU ÉTAIS LÀ.
AH...
ON S'AP-PELLE BIENTÔT, OK ?
À PLUS.
OK...
QUAND ON PARLE DU LOUP...
.....

IL A RÉAGI...
COMME D'HABITUDE...
Enfin...
C'est une bonne chose, mais...
HMMPH !
C'EST LOURD !
FUAAAH...
BONG !
FIOU...

.....
MAIS QUOI...?
AH...
FAIT CHAUD...
いろは食堂
OUVERT

[*Onigiri : boule de riz fourrée, enveloppée d'une feuille d'algue, déclinable en de nombreuses versions]

EN TOUT CAS, C'EST TROP BON.
ÇA DOIT ÊTRE LE MEILLEUR KATSUDON QUE J'AI JAMAIS MANGÉ DE MA VIE.
T'AS DU RIZ COLLÉ SUR LA JOUE.
HA HA !
SI SEULEMENT ON AVAIT PU S'ASSEOIR LÀ OÙ LE PERSONNAGE S'EST ASSIS PENDANT LE FILM...
OUAIS...
MAIS BON, IL Y A DU MONDE, ON N'Y PEUT RIEN.
C'EST DÉJÀ BIEN D'AVOIR PU MANGER ICI.
T'AS RAISON.

AAH, J'AI BIEN MANGÉ !
C'ÉTAIT TROP BON...
ON FAIT QUOI, ENSUITE ?
HUM... QU'EST-CE QU'IL NOUS RESTE À FAIRE, PAR ICI ?
AH !
Je recherche...
FLIP
MH ?
ON N'EST PAS LOIN DU PARC HIGASHIMURA !
AH OUI, C'EST VRAI...
C'EST À DEUX STATIONS D'ICI.
TROP BIEN !
J'AI PLEIN DE SOUVENIRS D'ENFANCE LÀ-BAS...
ON PEUT Y ALLER ?
PARC HIGASHIMURA
東村公

OUAAH !
ÇA A PAS CHANGÉ D'UN POIL !
JE SUIS TOMBÉ DANS CETTE MARE QUAND J'ÉTAIS PETIT...
PFFT !!
SÉ-RIEUX ?!
COMMENT T'AS FAIT ?
JE ME RAPPELLE ENCORE DES CRIS QU'ONT POUSSÉ MES PARENTS...
ざばーん
SPLASH !!
AAAAH !!
HA HA HA HA !
Je m'imagine bien la scène, là !
HÉ, ARRÊTE DE RIGOLER...
JE CROIS QUE JE ME SUIS IMAGINÉ QUE JE POUVAIS MARCHER SUR CETTE BAR-RIÈRE SANS TOMBER...
Ça te ressemble bien, de faire ça...
BAH, PAS GRAVE...

ET TOI, SAEKI ?
T'ES DÉJÀ VENU ICI ?
EUH...
OUI, JE CROIS.
AVEC UNE EX-PETITE AMIE.
.....
AH...
QUAND J'Y PENSE...
C'EST LA PREMIÈRE FOIS...
QUE JE L'ENTENDS PARLER D'UNE EX-COPINE...

Quelque part, ça me...
AU FAIT, WATARU,
COMMENT ÇA SE PASSE, AVEC CETTE FILLE ?
QUELLE FILLE ?
CELLE QUI ÉTAIT AU RESTO AVEC TOI.
JE VOUS AI SOUVENT VUS PARLER ENSEMBLE ENTRE LES COURS, AUSSI.
QUOI ?! ASADA ?!
ÇA VA PAS LA TÊTE ?! TU TE PLANTES COMPLÈTEMENT !
ET D'AILLEURS, GUTCHI ET HIRAOKA ÉTAIENT AU RESTAURANT AVEC NOUS AUSSI, MAIS ILS SONT PARTIS EN AVANCE, C'EST POUR ÇA QU'ON EST RESTÉS À DEUX !
AH BON ?
OUI !!

MINCE...
ON DIRAIT...
QUE JE SUIS EN TRAIN DE ME JUSTIFIER...
JE VOIS...
VOUS ALLEZ BIEN ENSEMBLE, POURTANT.
.....
DIS-MOI...
SI TU VOYAIS LA PERSONNE DONT TU ES AMOUREUX ÊTRE PROCHE DE QUELQU'UN D'AUTRE...
ÇA AURAIT DE QUOI TE RENDRE UN PEU JALOUX, NON ?
HUM...

NON, PAS VRAIMENT.
HMM...
VRAIMENT ?
Alors, si tu n'es pas jaloux,
pourquoi...
MAIS...
JE TE L'AI DÉJÀ DIT AU TOUT DÉBUT,

AVOIR PU TE PARLER DE CE QUE JE RESSENS,
SAVOIR QUE TU RÉAGIS NORMALEMENT MALGRÉ TOUT...
ET ÊTRE CAPABLE DE FAIRE DES PÈLERINAGES AVEC TOI...
ÇA ME SUFFIT LARGEMENT.
TU ES LIBRE DE PENSER ET DE FAIRE CE QUE TU VEUX, WATARU.
Ah bon...
Peut-être que toi, cette situation te convient...
Mais moi, maintenant que je suis au courant...
J'AI BEAU ESSAYER DE ME COMPORTER DE LA MÊME FAÇON,
ÇA NE SERA PLUS JAMAIS...

Comme avant...
OUIIIIIINNNNNN !!
MH ?
QU'EST-CE QUI SE PASSE ?
OUIIIINN !
OUIIIINN !!
UNE PETITE FILLE ?
QU'EST-CE QUI LUI ARRIVE ?
AH,
REGARDE, VOILÀ SA MAMAN.
TU ES LÀ, CHIHARU !!
JE T'AI CHERCHÉE PARTOUT !!
MAMAAAN ! J'AI MAAAL !
OH, TU ES TOMBÉE ? MA PAUVRE CHÉRIE... VIENS, ON VA ALLER SOIGNER ÇA.
D'AC-CORD...

ON DIRAIT QUE ÇA VA ALLER.
OUAIS...
T'AS VU, ELLE S'APPELAIT CHIHARU !
COMME TOI !
C'est marrant.
OUI.
MES PARENTS VOULAIENT ME DONNER UN PRÉNOM QUI SOIT À LA FOIS MASCULIN ET FÉMININ.
JE VOIS...
AH...
QUOI ?
QUAND J'ÉTAIS PETIT, ICI MÊME, DANS CE PARC...
J'AI RENCONTRÉ UNE PETITE FILLE PERDUE.

ELLE ÉTAIT ACCROUPIE ET ELLE PLEURAIT...
JE POUVAIS PAS LA LAISSER TOUTE SEULE.
JE CONNAISSAIS BIEN L'ENDROIT, ALORS JE LUI AI DIT DE VENIR AVEC MOI.
QUAND J'Y REPENSE, ELLE ÉTAIT TROP MIGNONNE.
ET LE PLUS MARRANT, C'EST QU'ELLE...
WATARU...

EUH...
QU'EST-CE QUI T'ARRIVE ?
DÉSOLÉ...
SI ÇA TE MET MAL À L'AISE...
TU N'AS QU'À ME REPOUSSER.

HEIN ?!
EUH...?
HEIN ?!
HÉ !
QU'EST-CE QUE TU FAIS ?!
EH OH !
QUELQU'UN RISQUE DE NOUS VOIR !
OUI...

JE SAIS...
.....
C'EST MALIN...

Comment je pourrais te repousser...
alors que tu as l'air d'être sur le point de pleurer ?
ÇA DEVIENT COMPLIQUÉ...

CHAPITRE 4

SHHHHH...
ザァァァァ
LA VACHE,
QU'EST-CE QUE ÇA TOMBE.
BURGER KI
BKランチ
¥490
ET DIRE QU'IL NE TOMBAIT PAS UNE GOUTTE QUAND ON EST ENTRÉS DANS LA SALLE DE CINÉ...
REMARQUE, ILS ANNONCENT UN TYPHON POUR DEMAIN...
DANS CE CAS, ON FERAIT MIEUX DE SE DÉPÊCHER DE RENTRER.
MAIS AVANT ÇA...
OUI, T'AS RAISON.
JE VAIS ME CHERCHER UN DERNIER TRUC À BOIRE.
ET TOI, WATARU ?
MOI AUSSI.
TU VEUX QUOI ?
JE TE L'ACHÈTE.
UN COCA !

.....
SLUUURP...
HAA...
UUURGH...
FAIT CHIER...
POURQUOI JE SUIS AUSSI NERVEUX AVEC LUI ?
C'EST BIZARRE...
Enfin, je sais plus ou moins...
À quoi c'est dû, mais...

« Désolé... »
POURTANT...
JE SAIS À QUEL POINT...
SES SENTIMENTS POUR MOI SONT SÉRIEUX.
« Je suis nul. »
« Pardon... »
MAIS D'UNE CERTAINE FAÇON...
J'AI L'IMPRESSION QU'IL NE ME MONTRE PAS CE QU'IL RESSENT VRAIMENT.

N'EMPÊCHE...
POURQUOI JE ME PRENDS TELLEMENT LA TÊTE LÀ-DESSUS ?
MARMONNE
MARMONNE
C'EST BIZARRE, NON ?
MARMONNE
TOUT ÇA, C'EST PARCE QUE...
MARMONNE
GRIP
TIENS.
POF
FRISSON
GNIIIH !
HA HA !
C'ÉTAIT QUOI, CETTE VOIX SUPER BIZARRE ?
ÇA VA PAS ?!
TU M'AS FICHU LES JETONS !!
T'AVAIS L'AIR PERDU DANS TES PENSÉES, ALORS J'EN AI PROFITÉ.
UN PROBLÈME ?
Tu fronçais les sourcils...
NON, RIEN...
TOUT ÇA, C'EST DE TA FAUTE.
IDIOT.

.....
FIIIXE...
ARRÊTE DE ME REGARDER COMME ÇA...
ÇA ME MET MAL À L'AISE.
AH...
AU FAIT,
QUAND EST-CE QU'ON LA FAIT,
LA DERNIÈRE ÉTAPE DE NOTRE PÈLERINAGE ?
MH ?
AH, OUI...
J'AI MON BOULOT ET IL FAUT QUE JE FASSE MES DEVOIRS DE VACANCES...
ÇA VA ÊTRE JUSTE, MAIS ON POURRAIT Y ALLER LE 28.
Je fais toujours tout à la fin, moi...
LE 28 ? OK, C'EST BON POUR MOI.
COOL !
LA FALAISE LÀ-BAS EST ASSEZ SPECTACULAIRE.
J'AI HÂTE DE VOIR ÇA EN VRAI.
OUAIS !
C'EST VRAIMENT CET ENDROIT-LÀ QUE J'AVAIS LE PLUS ENVIE DE VOIR.

J'AI HÂTE D'Y ÊTRE.
Quand j'y pense...
Une fois que ce pèlerinage sera terminé...
Qu'est-ce qui va se passer ?

Tout ça, après tout...
C'est une façon pour Saeki de tourner la page sur ses senti-ments.
Mais une fois que ce sera terminé...
Est-ce qu'on pourra continuer à être amis comme avant ?
Un jour, sans doute...
Il cessera...
D'être amoureux de moi...

ET ENSUITE...
Et ensuite...?

Non !
S'il te plaît, reste avec moi !
Lâche-moi.
Je t'en prie, ne t'en va pas, Karen !
Pardonne-moi.
C'est impossible.
Je n'ai plus de sentiments pour toi.
Adieu.

CLAC !
.....
MINCE, POURQUOI JE LE REFERME, MOI ?
LE FILM CONTINUE...
Pour un film d'action, y'a plus de romance que ce que je pensais...
FLAP
POUF
HAA...
J'ARRÊTE LÀ POUR AUJOURD'HUI.
ROULE...

LA TABLETTE...
FAUT QUE J'AILLE LA RENDRE À PAPA...
KSSS
KSSS
KSSS
KSSS
KSSS
KSSS
FAIT CHIER...
POURQUOI C'EST MOI QU'ELLE ENVOIE FAIRE SES COURSES ?
KSSS
KSSS
KSSS
FRANGIN !
Tu vas m'acheter de la glace ?
KSSS
ELLE POURRAIT Y ALLER ELLE-MÊME...
KSSS
KSSS
KSSS
FAIT CHAUD...

LE 28 AUSSI...
IL RISQUE DE FAIRE CHAUD...
« C'est vraiment cet endroit-là que j'avais le plus envie de voir. »
LES VACANCES D'ÉTÉ SONT BIENTÔT FINIES...
« J'ai hâte d'y être. »
.....
JE...

GROOOOOOO
ON VA PAS POUVOIR PARTIR.
ÇA M'ÉTONNERAIT QUE LES TRAINS CIRCULENT PAR CE TEMPS.
Oui…
Je crois qu'on n'a pas le choix, là.
Depuis une heure, la pluie et le vent s'intensifient…
Les vagues sont de plus en plus hautes…
Météo : un typhon en approche
TOUT ÇA PARCE QUE LE TYPHON A CHANGÉ DE ROUTE… FAIT CHIER !
C'EST DINGUE CE QU'IL PLEUT…

Oui, c'est nul…
MAIS SI ON Y ALLAIT QUAND MÊME, CE SERAIT DANGEREUX.
DOMMAGE…
J'AVAIS VRAIMENT TRÈS ENVIE D'Y ALLER AUJOURD'HUI.
……
HÉ,
MÊME QUAND L'ÉCOLE AURA RECOMMENCÉ,
ON POURRA ESSAYER DE SE LIBÉRER UNE JOURNÉE POUR Y ALLER.
D'ABORD,
IL FAUDRAIT QUE TU RÉUSSISSES TES EXAMENS DU DEUXIÈME TRIMESTRE…
HÉ !
Enfonce pas le couteau dans la plaie !
Je suis sûr que t'as déjà fini tous tes devoirs, toi…
HA HA !

BON, ON SE VOIT À LA RENTRÉE !
.....
?
ALLÔ ?
SAEKI ?
Pourquoi tu réponds pas ?
WATARU...
Merci.
MERCI DE QUOI ?
J'AI RIEN FAIT.

SHHHHH...
ザアアアアア
MERCI QUAND MÊME.

2 - C
SALUT !
COMMENT ÇA VA, DEPUIS LE TEMPS ?
SALUT... TU SAIS QU'ON S'EST VUS LA SEMAINE DERNIÈRE, HEIN ?
EH BEN, ÇA FAIT LONGTEMPS, UNE SEMAINE !!
PAF
PAF
JE TE TROUVE BIEN EXCITÉ, CE MATIN...
CLAC
Bonjour, asseyez-vous
Bon-jour !
BLA BLA
BLA BLA

PREMIÈRE HEURE DE COURS TERMINÉE...
UUUURGH...
C'EST DUR DE REPRENDRE APRÈS UN MOIS ET DEMI DE VACANCES...
ENCORE TROIS COURS AVANT LE REPAS DE MIDI...
ON N'EN VOIT PAS LA FIN...
Vous êtes des loques...
CLAC
EXCUSE-MOI DE TE DÉRANGER,
C'EST TOI, TODA ?
EUH, OUI, C'EST MOI...
AH,
MOI, C'EST KAWAGUCHI, DE LA CLASSE A.
TODA,
TU TRAÎNES SOUVENT AVEC SAEKI, PAS VRAI ?
EUH...
OUI, PLUTÔT...
IL T'A DIT QUELQUE CHOSE, À TOI ?
HEIN ? DE QUOI TU PARLES ?
IL Y A UN PROBLÈME AVEC SAEKI ?
QUOI ? T'ES PAS AU COURANT, TODA ?
BEN...
SAEKI...

IL A ÉTÉ TRANSFÉRÉ DANS UN AUTRE LYCÉE.

QUOI...?
J'AI APPRIS ÇA PENDANT LE COURS TOUT À L'HEURE.
ÇA S'EST DÉCIDÉ PENDANT LES VACANCES D'ÉTÉ, SUITE À SA SITUATION FAMILIALE, APPAREMMENT.
MAIS PERSONNE N'ÉTAIT AU COURANT, ÇA NOUS A TOUS SURPRIS...
Hein ?

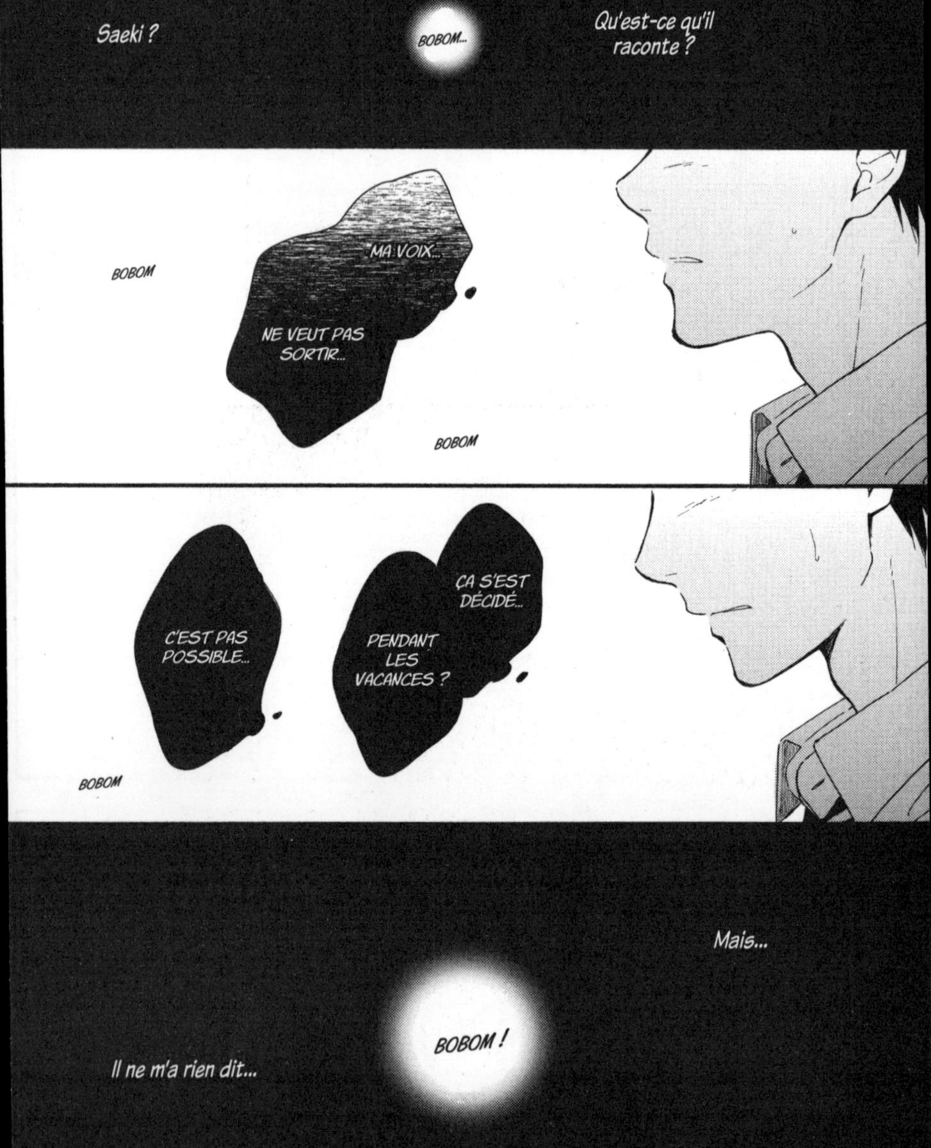
Qu'est-ce qu'il raconte ?
BOBOM...
Saeki ?
MA VOIX...
NE VEUT PAS SORTIR...
BOBOM
BOBOM
ÇA S'EST DÉCIDÉ...
PENDANT LES VACANCES ?
C'EST PAS POSSIBLE...
BOBOM
Mais...
BOBOM !
Il ne m'a rien dit...

.....
PAUVRE WATARU...
JE ME DEMANDE COMMENT IL VA.
VA SAVOIR...
JE NE CONNAIS PAS LA SITUATION DE SAEKI MAIS...
ILS ÉTAIENT TRÈS PROCHES, TOUS LES DEUX,
PAS VRAI ?
ET IL EST PARTI SANS RIEN LUI DIRE...
ÇA DOIT FAIRE MAL.

Le numéro que vous avez composé…
n'est pas attribué.
Veuillez vérifier que vous avez entré le bon numéro…

C'est quoi...
ce bordel ?
SALLE DES PROFS
T'ES VRAIMENT OBSTINÉ, TOI...

ÇA FAIT DÉJÀ UNE SEMAINE.
LAISSE TOMBER, TODA.
DÉSOLÉ, MAIS JE NE PEUX VRAIMENT PAS T'EN PARLER.
C'EST UNE AFFAIRE PRIVÉE.
SI TU VEUX CONNAÎTRE LES DÉTAILS, DEMANDE-LUI DIRECTEMENT.
IL A CHANGÉ DE NUMÉRO DE TÉLÉPHONE, JE NE PEUX PAS LE CONTACTER.
IL A ÉTÉ TRANSFÉRÉ DANS UNE AUTRE ÉCOLE...
JE VEUX SAVOIR POURQUOI.
.....
HAA...
VOUS ÊTES AUSSI BORNÉS L'UN QUE L'AUTRE.

TODA...
TU ÉTAIS TRÈS PROCHE DE SAEKI, NON ?
FROTTE FROTTE
TU NE DIRAS À PERSONNE CE QUE JE TE DIS ?
PERSONNE.
ALORS ÉCOUTE...
IL A VRAIMENT ÉTÉ TRANSFÉRÉ DANS UNE AUTRE ÉCOLE À CAUSE DE LA SITUATION DE SES PARENTS.
ÇA, C'EST LA VÉRITÉ.
PAR CONTRE...
ÇA NE S'EST PAS DÉCIDÉ PENDANT LES VACANCES.
EN FAIT, TOUT A ÉTÉ DÉCIDÉ PENDANT LE PREMIER TRIMESTRE.
MAIS ON NOUS A DEMANDÉ DE N'EN PARLER À PERSONNE.
JE LUI AI DEMANDÉ SI ÇA LUI CONVENAIT COMME ÇA, ET IL A RÉPONDU QUE C'ÉTAIT CE QU'IL SOUHAITAIT.
PUISQUE C'ÉTAIT CE QU'IL VOULAIT, ON A GARDÉ LE SILENCE.

SAEKI-KUN N'EST PAS DU GENRE À AGIR SANS RÉFLÉCHIR.
JE PENSE...
QU'IL DEVAIT AVOIR UNE BONNE RAISON.
.....
ET DÉSOLÉ...
MAIS JE NE PEUX TOUJOURS PAS TE DIRE OÙ IL A ÉTÉ TRANSFÉRÉ.
JE LUI AI FAIT UNE PROMESSE.
JE T'AI DIT TOUT CE QUE JE POUVAIS TE DIRE.

AAH...
JE VOIS...
C'EST DONC ÇA.
Sa déclaration d'amour...
Le fait qu'il ait voulu qu'on fasse un pèlerinage...
Tout ce qu'il a fait
jusqu'à maintenant...
Tout...

CLAC
AH, LE REVOILÀ...
WATA...
RU...
CLAC
.....
EUH...
GLOUPS...
À PARTIR DE MAINTENANT, VAUDRAIT MIEUX QU'ON ÉVITE DE PARLER DE SAEKI DEVANT WATARU.

IL A VRAIMENT PAS L'AIR BIEN,
LE PAUVRE...
POUF...

« C'est exactement ce que j'aime chez toi. »
« Je passe un super moment. »
« Ça me suffit largement. »
« Je sais... »
« Wataru... »

« Merci. »

Depuis le début,
il a toujours été comme ça.
C'EST BIENTÔT LA FIN DE L'ÉTÉ.
CHAPITRE 5

Blue Summer

[*Batting center : installations où on peut s'entraîner au baseball en frappant une balle lancée par une machine]

OUI, À VRAI DIRE, JE VOULAIS UN PEU AUGMENTER MES HEURES...
JE LUI AI POSÉ LA QUESTION ET JUSTEMENT, IL AVAIT BESOIN D'AIDE...
DU COUP, J'Y TRAVAILLE MÊME EN PÉRIODE SCOLAIRE, MAINTENANT.
AH BON...
DÉSOLÉ POUR CE SOIR, DU COUP !
T'INQUIÈTE, BON COURAGE POUR LE BOULOT !
Salut !
À plus !
C'EST PEUT-ÊTRE MIEUX COMME ÇA...
BAH...

WATARU !
TU PEUX VENIR UN INSTANT ?
QU'EST-CE QU'IL Y A ?
ÇA M'EMBÊTE DE TE DEMANDER ÇA À LA DERNIÈRE MINUTE, MAIS EST-CE QUE TU POURRAIS TRA-VAILLER DEMAIN ET APRÈS-DEMAIN ?
UN DE MES EMPLOYÉS M'A APPELÉ POUR DIRE QU'IL NE VIENDRAIT PAS...
OK, PAS DE PROBLÈME !
T'ES SÛR ?
MERCI BEAUCOUP, TU ME SAUVES LA VIE !
ÇA NE T'EMBÊTE PAS ? TU N'AVAIS RIEN DE PRÉVU ?
JE SAIS QUE TU VAS SOUVENT AU CINÉ AVEC TES AMIS...
NON...
T'INQUIÈTE PAS POUR ÇA.

JE SUIS RENTRÉ...
TCHAC
AH !
TE VOILÀ !
Maman est sortie.
TU AS DÉJÀ MANGÉ ?
OUI, J'AI GRIGNOTÉ AU MAGASIN.
AH BON...
TU TRAVAILLAIS AUJOURD'HUI AUSSI ?
Tu ne travaillais que pendant les vacances scolaires.
QU'EST-CE QUI T'ARRIVE, EN CE MOMENT ? TU TRAVAILLES TOUT LE TEMPS...
JE NE TE RECONNAIS PLUS.
C'EST BON, ÇA VA...
J'AI ENVIE DE BOSSER UN PEU PLUS, C'EST TOUT.
HMMM...
AH, AU FAIT !

TU AS REÇU UNE LETTRE.
Elle est là.
UNE LETTRE ?
POUR MOI ?
C'EST DE LA PART D'UNE FILLE ? QUEL PETIT COQUIN, WATARU !
HÈ HÈ !
HEIN ?
POURQUOI UNE FILLE M'ÉCRIRAIT...
Chiharu Saeki

WHAM
CLAC
HÉ, WATARU !!
ARRÊTE DE FAIRE TANT DE BRUIT !!
GLISSE...

……
Chiharu Saeki
SCHRIC
FUUU…
Cher Wataru,
Cher Wataru,
ça fait un bail.
Un mois s'est écoulé depuis notre dernier coup
téléphone, le jour du typhon. J'espère que
je m'habitue à ma nouvelle école.
est agréable.

Ça fait un bail.
Un mois s'est écoulé depuis notre dernier coup de téléphone, le jour du typhon.
J'espère que tu vas bien.
Moi, je m'habitue à ma nouvelle école.
La vie ici est agréable.
Je suis désolé...
Que tout ait changé si brusquement.
Tu dois être en colère.
Je sais que j'ai fait quelque chose de stupide.
Je suis vraiment désolé.
Je ne comptais pas te le dire...
Mais je pense qu'il s'agit de quelque chose que tu as le droit de savoir, Wataru...
Alors laisse-moi te raconter une histoire.

Quand j'avais sept ans...
Ma mère, qui avait toujours voulu avoir une fille au lieu d'un garçon, m'a dit...
Chiharu...
Tu veux bien essayer ces vêtements ?
Ma mère avait l'air tellement heu-reuse...
Que ça me rendait heureux aussi.
Après ça, petit à petit...
Ma mère s'est mise à m'habiller comme une fille de temps en temps.

Chiharu !
Tu es trop chou !
Qu'est-ce que tu es adorable,
Chiharu-chan...
Au bout d'un moment...
Elle a commencé à m'emmener à l'extérieur habillée comme ça.
Ooh !
Votre fille est trop mignonne !
Non...
Je suis pas une fille...
Je suis un garçon...
Dans la vie de tous les jours, je m'habillais comme un garçon.
Et ce n'était pas non plus comme si elle me forçait à mettre ces habits de fille, mais...
Quand je voyais à quel point ça la rendait heureuse, j'étais incapable de lui dire quoi que ce soit.

Pendant ce temps-là...
J'avais de plus en plus l'impression qu'elle n'avait plus besoin de moi
en tant que fils.
Tout a continué jusqu'à mes dix ans.
On était venus en famille au parc Higashimura.
Je voulais m'éloigner de ma mère, alors je me suis éclipsé en douce...
Et je me suis perdu.
SBLAM !
ズザッ
!
Aïe...
Ça fait mal...
Hh...

Ça suffit...
J'en ai marre... Je veux rentrer...
J'en ai marre...
C'est toujours pareil...
Ça va ?
Tu t'es fait mal ?
Euh...
Ça va...
Tu as perdu ton chemin ?
Où sont tes parents ?
Euh... Oui, je me suis perdu en m'éloi-gnant...
Ils doivent être près de la fontaine.

Ah bon !
Je connais bien le coin. Viens, je vais t'y conduire !
Euh...
D'ac-cord...
......
On doit avoir le même âge...
J'ai honte...
Vite...
FIXE...
.....
Quoi ?
Je peux te poser une question ?
Pourquoi tu t'habilles comme ça ?

... Comment tu l'as su ?
Tu n'as pas la voix ou l'attitude d'une fille...
D'ailleurs...
C'est tes vrais cheveux ?
Non, c'est une perruque...
Tu aimes t'habiller en fille ?
Pourquoi... tu me poses cette question ?
Je fais pas ça... parce que j'aime ça...
Parce que...
Tu n'as pas l'air très heureux.
Quand ma grande sœur porte des habits qu'elle aime bien, elle a l'air super heureuse.
Si tu les portes parce que c'est ce que tu aimes, aucun problème.
Mais si ce n'est pas le cas...

Si ça ne te plaît pas, tu devrais le dire clairement !
PLOP...
ぼろっ
?!
Hein ?? Euh...
D... Désolé ?!
Non...
C'est...
C'est pas ça...
PLOP
PLOP

M...
Merci...
Tout ce que je retenais en moi depuis tant de temps...
A explosé...
Le garçon m'a pris la main pendant que je pleurais...
Et m'a emmené avec lui en silence.
J'avais les yeux fixés sur son dos...
On aurait dit un super-héros, comme dans les films.

Ah !!
Wataru, tu es là !!
Où est-ce que tu étais ?!
Tu as encore ramassé un bâton ?!
Wataru...
Après ça...
J'ai tout dit à ma mère...

Elle n'a pas arrêté de s'excuser en pleurant...
Et à la fin, elle m'a dit...
N'oublie pas, Chiharu...
Que tu sois une fille ou un garçon...
Je t'aime tout autant.
Si j'ai pu enfin exprimer les choses que je n'arrivais pas à dire pendant tout ce temps...
C'est grâce à ce garçon.
Je l'ai rencontré à nouveau au lycée,
Et on est devenus amis.
C'était comme si rien n'avait changé depuis ce jour. Tu étais toujours aussi franc et enjoué...
Et en peu de temps, tu es devenu quelqu'un de très important pour moi.

Si j'ai choisi «Mer de Lumière» pour notre pèlerinage,
C'était parce que je me suis beaucoup identifié au personnage principal.
Quand on s'est abrités de la pluie battante dans cette gare...
Quand tu m'as dit que tu te rappelais toujours de cet incident...
Ça m'a rendu très heureux.
Je suis désolé de t'avoir causé des soucis.
Mais malgré tout...
Je suis content que tu aies accepté mes sentiments pour toi.
Avec toi, Wataru...
J'ai passé un été magnifique.

Porte-toi bien...
Et merci pour tous ces merveilleux souvenirs.
DING
MINCE !
DÉJÀ LA CLOCHE...
DONG
FAIT CHIER...
CLAC
DING
DONG
CLAC
CLAC
Chiharu Saeki

JE L'AVAIS LAISSÉE SUR MON BUREAU HIER...
ELLE A DÛ SE GLISSER ENTRE MES MANUELS...
CLAC
WHAM
AH !!
CLAC
OÙ TU VAS, WATARU ?
HÉ ! WATARU !!
DÉSOLÉ !
VOUS AUREZ QU'À DIRE QUE JE SUIS MALADE !

HEIN ?!
PARDOOON ?!
IL SÈCHE DÈS LA PREMIÈRE HEURE LE LUNDI...
Bravo, Wataru.
CLAC
CLAC
CLAC
CLAC
CLAC
LE TIMBRE DATE DE SAMEDI.
LA LETTRE A ÉTÉ POSTÉE...
PRÈS DE SON ANCIENNE ADRESSE.

Je n'ai plus...
SCHRIC
qu'une seule chose à faire.

SCHRIC
SCHRIC

PLAF
WATARU ?!
SCHRIC
SCHRIC
QU'EST-CE QUE TU…
SAEKI…
SERRE LES DENTS…
ÇA VA PAS FAIRE DU BIEN !

PAF !
ガッ
ドッ
BAM !
グッ
GRIP

ARRÊTE…
DE TE FOUTRE DE MA GUEULE !!
C'ÉTAIT QUOI, ÇA ?!
POURQUOI TU M'AS ENVOYÉ CETTE LETTRE ?
BIEN SÛR QUE JE SUIS EN COLÈRE !!

T'AS TOUJOURS ÉTÉ COMME ÇA, DEPUIS LE DÉBUT !
TU PRENDS TOUJOURS LES DÉCISIONS TOUT SEUL !
ET TU Y METS FIN TOUT SEUL...
ET MES SENTIMENTS À MOI, ALORS, TU T'EN FOUS ?!
ENFOIRÉ !
QUI A DIT QUE J'ACCEPTAIS DE DEVENIR RIEN QU'UN SOUVENIR ?!

ESPÈCE D'ÉGOÏSTE !
ALORS CASSE-TOI, JE M'EN FOUS ! PARS OÙ TU VEUX !
JE NE VEUX PLUS JAMAIS TE REVOIR !

.....
J'AI CRU...
QUE JE N'ALLAIS PLUS JAMAIS TE REVOIR...

ABRUTI...
JE SUIS DÉSOLÉ...

WATARU...
J'AI FAIT TOUT ÇA...
POUR PARVENIR À T'OUBLIER...
MAIS FINALE-MENT...
J'EN SUIS INCAPABLE.
JE T'AIME VRAIMENT...
JE PENSE À TOI TOUT LE TEMPS.
WATARU...
JE SUIS VRAIMENT MINABLE.

POUSSE...
T'AS RAISON...
T'ES VRAIMENT MINABLE...
JE ME FICHE QUE TU AIES ESSAYÉ DE M'OUBLIER.
C'EST PAS LE PLUS IMPORTANT, POUR L'INSTANT.
DIS-MOI...
CE QUE TU RESSENS VRAIMENT.
.....
QUAND JE DISAIS...

QUE JE N'ESPÉRAIS RIEN DE TA PART... C'ÉTAIT UN MENSONGE.
EN FAIT...
JE NE VEUX PAS QUE TU DEVIENNES UN SIMPLE SOUVENIR.
JE VEUX EN-TENDRE TA VOIX...
JE VEUX TE VOIR...
JE VEUX TE TOUCHER...
JE VEUX ÊTRE AVEC TOI...
JE VEUX...
QUE TU ME REGARDES.

ÇA Y EST...
TU ES ENFIN HONNÊTE AVEC MOI...
AH LÀ LÀ...
TU N'AS VRAIMENT PAS CHANGÉ.
MAIS...

TU PEUX RÊVER POUR QUE JE TE LAISSE SORTIR DE MA VIE SANS RIEN DIRE...
MAINTENANT QUE TU M'AS FAIT TOMBER AMOUREUX DE TOI !!

C'EST UNE BLAGUE...
TU CROIS QUE JE BLAGUERAIS SUR UN SUJET PAREIL ?
MAIS...
C'EST IM-POSSIBLE...
SI, C'EST POSSIBLE.
EST-CE QUE JE T'AI DÉJÀ MENTI UNE SEULE FOIS ?

NON...
Le vent de la mer était un peu frais...
En cette fin d'été...

Mais nos mains...
Étaient brûlantes comme un jour de canicule.
FSHHJ
FSHHJ

N'EMPÊCHE...
J'ARRIVE PAS À CROIRE QUE C'ÉTAIT TOI, CET ENFANT...
T'AS DRÔLEMENT GRANDI, ENFOIRÉ.
On faisait la même taille !
J'AI EU UNE POUSSÉE DE CROIS-SANCE AU COLLÈGE.
178cm
FIXE...
166cm
AU FAIT, WATARU ?
T'ES PAS AU LYCÉE ? TU AS COURS AUJOURD'HUI, NON ?
J'AI SÉCHÉ...
HEIN ?!
C'est malin...
D'AILLEURS...
ET TOI, TU N'AS PAS ÉCOLE AU-JOURD'HUI ?
NON, C'EST L'ANNIVERSAIRE DE L'INAU-GURATION DE L'ÉCOLE, DONC C'EST FERMÉ.
OÙ EST-CE QUE TU AS ÉTÉ TRANSFÉRÉ, ALORS ?
À ÔSAKA...

AH BON, ÔSAKA...
HEIN ?!
MAIS ALORS...
T'AS FAIT TOUT LE CHEMIN POUR POSTER TA LETTRE ICI ?!
PAS SEULEMENT POUR POSTER LA LETTRE...
SI JE N'ÉTAIS PAS VENU ICI...
JE N'AURAIS SANS DOUTE PAS RÉUSSI À TOURNER LA PAGE.
JE ME DISAIS QUE JE NE RISQUAIS PAS DE TE RENCONTRER, PUISQUE TU AVAIS ÉCOLE...
MAIS...
MAIS TU ES VENU QUAND MÊME.
TU N'AS PLUS BESOIN DE TOURNER LA PAGE, MAIN-TENANT.

APRÈS LE LYCÉE...
JE PENSAIS ALLER DANS UNE UNIVERSITÉ LÀ-BAS, À ÔSAKA, MAIS...
FINALEMENT...
PEUT-ÊTRE QUE JE POURRAIS REVENIR ICI...?
BIEN SÛR...
J'ATTENDRAI TON RETOUR AUSSI LONGTEMPS QU'IL LE FAUDRA.

FINALEMENT, ON A TERMINÉ NOTRE PÈLERINAGE DE FAÇON UN PEU INATTENDUE.
TU L'AS DIT...
LA PROCHAINE FOIS...
C'EST TOI QUI VIENDRAS AVEC MOI FAIRE LE PÈLERINAGE QUE J'AURAI CHOISI.
Dans ce film...
La dernière scène a lieu près de la mer.
OUI...
Mais après le générique de fin...

DIS-MOI...
TU VEUX BIEN RESTER AVEC MOI AUJOURD'HUI JUSQU'À CE QUE JE REPRENNE MON TRAIN ?
ÉVIDEMMENT !
JE VAIS PROFITER DE TA PRÉSENCE JUSQU'À LA DERNIÈRE SECONDE.
HA HA !
C'est le début d'une nouvelle histoire.
Tome 1 / FIN

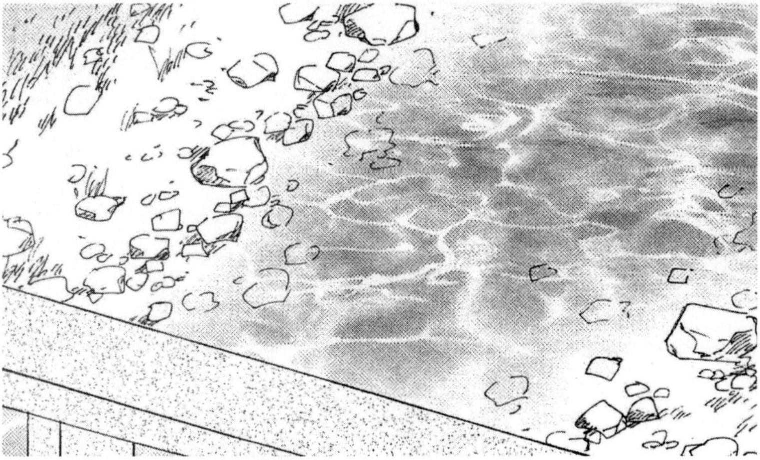

Première publication

Chapitre 1 : magazine «Gateau», 2016, numéro de septembre
Chapitre 2 : magazine «Gateau», 2016, numéro de novembre
Chapitre 3 : magazine «Gateau», 2017, numéro de février
Chapitre 4 : magazine «Gateau», 2017, numéro de mai
Chapitre 5 : magazine «Gateau», 2017, numéro de juillet

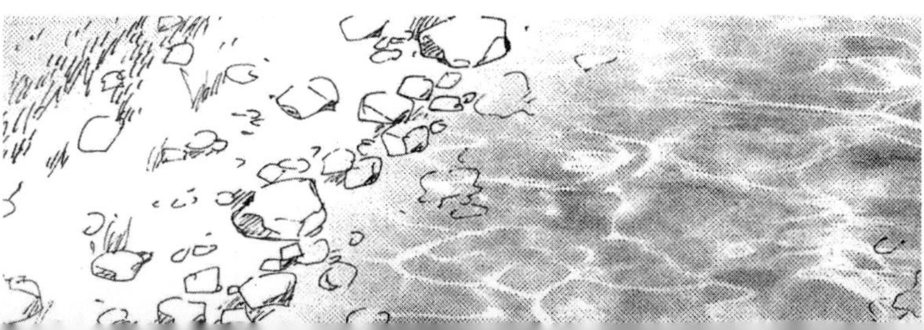

Blue Summer

Hana COLLECTION

www.boys-loves.fr

Responsable Editorial & Production : Tony
Traduit du japonais par Laurie Asin
Maquette : Justine Mouron
Relecture : Aurélie Valognes

Dépot légal : Mars 2021
ISBN 978-2-38276-007-9

Imprimé par GZ Digital Media as